A VERDADE E UM POUCO MAIS

vana medeiros

URUTAU

setembro de 2023

O —
editora Urutau

avenida peirao besada, 6 – 2D
36163 poio-pontevedra
(espanha)

rua cajus, 478
jardim das cerejeiras, cotia — sp
brasil
06724-015

[+55] 11 95608 8983 [brasil]
[+351] 928053619 [portugal]

www.editoraurutau.com.br
contato@editoraurutau.com.br

[EDITORA]
debora ribeiro rendelli
[REVISÃO]
marcella sarubi
[PROJETO GRÁFICO]
wladimir vaz
[COORDENAÇÃO GRÁFICA]
tiago fabris rendelli
[DIAGRAMAÇÃO]
victor h. azevedo

dados internacionais de catalogação na publicação (CIP) de acordo com ISBD

Medeiros, Vana
M488v A verdade e um pouco mais / Vana Medeiros. - Cotia : Urutau, 2023.
72 p. ; 12cm x 16,5cm.

ISBN: 978-65-5900-568-0

1. Teatro. 2. Dramaturgia. I. Título.

CDD 792
2023-2524 CDU 792

Elaborado por Vagner Rodolfo da Silva - CRB-8/9410

sumário

É preciso começar pela verdade e terminar do mesmo modo.
RADUAN NASSAR, Lavoura arcaica

PREFÁCIO

Foram raríssimas as vezes que eu falei sobre este trabalho. Mesmo agora, tenho fugido há alguns dias porque sei que não vou sair impune. Eis o que vai acontecer: vou, de alguma maneira, puxar palavras da garganta e terminar em estado febril, que vai durar uma semana.

Esta peça, nossa peça agora, como diz uma das personagens, começou a ser escrita em mim há 30 anos, em uma madrugada de segunda pra terça-feira, em maio de 1994. Curioso. Eu nunca tinha parado pra pensar em que dia da semana minha mãe havia morrido. Uma morte de segunda pra terça de repente me parece mais cruel, como se aquela sensação de interrupção surda da vida aumentasse de volume. A semana mal tinha começado e minha avó já não acreditava mais em deus.

Eu já sabia o que era morte. Duas semanas antes, eu estava sozinha em frente à TV da sala, bem pertinho da tela. Era muito cedo e eu não queria acordar ninguém, então tinha que chegar perto pra conseguir ouvir o Galvão Bueno narrar a corrida. Ímola. Lembro bem da batida na curva Tamburello, lembro do assombro na voz do Galvão, e, horas mais tarde, da confirmação da morte do Senna. Faltava um mês pra eu completar sete anos.

Um mês depois, não teve festa.

[Minha avó não ia gostar de saber que eu disse que ela não acreditava mais em deus. Mas você deve imaginar o som que faz uma casa vazia.]

Os adultos se tornaram espectros até que a névoa em torno deles foi se desvanecendo. Eu guardei a minha, no baú de madeira que ficava na cabeceira da minha cama. Parece que eu consigo sentir o cheiro da madeira úmida até hoje, dentro do meu nariz; pequena, eu tinha que me debruçar quase inteira para conseguir pegar algum brinquedo com uma mão enquanto empurrava a névoa de volta para dentro com a outra.

Adolescente, era ótimo tirar a névoa do baú. De vez em quando, ela me protegia dos olhares e fazia com que eu adiasse encontros mais profundos comigo mesma, o que é sempre muito útil quando ainda não se teve tempo pra pensar nas consequências. No início da vida adulta, carregava a névoa sempre comigo, tinha crises de pânico de me imaginar sem ela.

Mesmo anos depois, nunca soube muito bem se algum dia eu seria capaz de encontrar uma morada definitiva pra ela, como fez minha avó, como fizeram minhas tias. Talvez até como tenha feito minha irmã, não sei, quem sabe. Até me tornar dramaturga. Como eu espero que seja possível perceber em *A verdade e um pouco mais*, a névoa é uma coisa que fica muito bonita no palco.

EU PRECISO CONTAR PRA VOCÊS

(Sozinha, Tuca checa se todos estão bem, confortáveis, e se ela pode começar o que tem a fazer hoje. Ninguém tem tempo a perder.

TUCA (*Para o público*)
Olá pra todos. Eu queria pedir que vocês desligassem os celulares. De verdade, tá? Eu não vou conseguir fiscalizar vocês daqui, mas a questão é que o que eu tenho pra contar é importante. Mesmo.

Eu sei que é difícil fazer isso hoje em dia, mas eu espero de verdade que não seja impossível.

Boa noite... Acho que vocês já estão prontos e já temos bastante gente, então vamos começar.

Eu preciso contar uma coisa pra vocês. Eu preciso estar aqui, onde eu estou agora, e contar uma coisa pra vocês.

Eu não sei se eu sou a melhor pessoa pra contar isso. Talvez eu me perca. Talvez eu esqueça alguma parte da história ou deixe vocês mais confusos ainda. (*Percebe alguém na sala, chama o espectador pelo nome*) Você estava aqui na semana passada, não estava? Me conta só isso, por favor: você entendeu alguma coisa?

TATA (*Entra, sem reconhecer a presença de Tuca*)
Oi, eu estou um pouco confusa. A gente tinha combinado de se encontrar aqui, mas eu não lembro muito bem como você é. (*Percebemos que está falando ao celular*) Pode me dar uma dica? O que você está vestindo? Você tem certeza que não está usando...? (*Descreve uma peça de roupa de alguém do público*) Me dá um sinal? Já tá na hora! (*Desliga*)

Dirige-se ao público:

Eu preciso contar pra vocês. Eu preciso estar aqui, onde eu estou agora, e contar uma coisa pra vocês. Eu não sou a melhor pessoa pra estar aqui hoje. Eu até escrevi umas cenas. É que não era eu que ia fazer. Eu tinha chamado uma atriz aqui. Uma atriz profissional mesmo. Sabe aquelas atrizes incríveis, estas que nasceram pra isso? Então. Ela ia estar aqui onde eu estou agora e ia contar pra vocês. Pronto, acabou, rápido. Só que ela não me atende. (*Faz que vai voltar ao celular, irritada*) Só um minutinho.

TUCA

Eu pensei em chamar uma atriz aqui. Uma dessas atrizes incríveis, uma dessas atrizes que nasceram pra isso, uma dessas atrizes que não sou eu. Ela seria tão incrível que talvez vocês saíssem daqui diferentes do que entraram hoje. Talvez vocês achassem que o ingresso não foi tão caro e que o que você gastou até que valeu a pena.

TATA (*No celular*)

Oi, você é morena?

TUCA

Ela seria loira.

TATA

Eu tenho uma teoria de que as atrizes morenas são muito melhores.

TUCA

Vocês já perceberam como essas atrizes são muito melhores? (*Pausa*) As loiras. Ela teria olhos grandes, sabe? Aquele olhar de atriz. Ela teria muita habilidade com a câmera e muitos seguidores.

TATA (*No celular*)

Oi, eu posso te pedir uma coisa? Eu queria uma voz grave. Sabe essas vozes que só as atrizes sabem ter? E um rosto forte, bem-marcado, destacado, mesmo.

TUCA

Eu pensei em colocar ela aqui comigo. Ia ser uma coisa meio metalinguística.

TATA

Ela ia poder me interpretar.

TUCA

Ela ia me interpretar, e eu ia interpretar ela e eu mesma ao mesmo tempo.

TATA

Ela ia fazer vocês chorarem.

TUCA

Vocês iam sair daqui falando... Vocês iam sair daqui falando...

TATA

Eu fui ver uma peça de teatro outro dia. Estava tudo pronto, todo mundo ali. Deu o horário, todo mundo sentado, esperando, mas a atriz parecia que não estava ali, sabe? O teatro não estava lá. Ela falava as suas falas e o teatro não aparecia. Silêncio. Desse lado daí, da plateia, não tinha nada além de silêncio. Dá pra imaginar isso? Caralho!

TUCA

Vocês iam sair daqui falando… Caralho!

TATA

Ia ser tão moderno.

TUCA

Que moderno! E a gente ia ficar feliz. Porque moderno é bom.

TATA

Moderno é ótimo.

Silêncio.

TUCA

Mas a questão é…

TATA

Não. Sou eu que tenho uma coisa pra contar.

TUCA

… eu preciso contar uma coisa pra vocês. Uma coisa que

pode, quem sabe, fazer as coisas se mexerem um pouco, fazer a gente se mexer um pouco.

TATA

Uma coisa muito forte e muito verdadeira que aconteceu comigo.

Pausa.

Foi ELE...Foi ELE que aconteceu comigo.

Tuca pega uma placa a seu lado e escreve "Ele". Reluta em mostrar ao público, mas por fim o faz. Passa mal, como se a própria menção a Ele fizesse mal a ela. A luz se apaga.

[PRÓLOGO]
A JAULA

TUCA OU TATA, NÃO IMPORTA

Eu tenho um sonho recorrente.

Quase todas as noites eu sonho que estou dentro de uma sala vazia e escura. Lá dentro, bem no fundo, eu vejo uma jaula. Você está ali. Encurvado, acuado como um animal ferido.

De repente, eu estou dentro da jaula, com você, e a gente está junto.

Você me olha com pena, como se eu fosse um animal preso em uma jaula e fosse você que estivesse do lado de fora. Eu te olho com pena também.

Você começa a me enforcar. Tão forte que eu sinto na minha garganta, de verdade, esse sonho arder.

A ENTREVISTA

O clima está, de repente, lúdico.

TATA

Eu pensei em trazer uns desenhos, umas fotos, uns fluxos de pensamento, falar umas frases que ELE dizia.

TUCA

Uma entrevista!

TATA

Uma entrevista seria útil.

Tuca e Tata preparam uma nova iluminação, como a de um interrogatório.

TUCA

O senhor pode falar o seu nome pra gente, por favor?

TATA

Idade?

TUCA
Filiação?

TATA
Em que cidade o senhor nasceu?

TUCA
Quanto tempo faz que o senhor está em São Paulo?

TATA
O senhor já foi casado quantas vezes?

TUCA
Nome e idade de cada esposa, em ordem de casamento.

TATA
Você se lembra do Harry?

TUCA
O que você lembra da mamãe?

TATA
Você também sonha comigo?

TUCA
O senhor consegue se lembrar dos nomes de todos os doze apóstolos?

TATA

Nomes e presentes dos três reis magos, por favor.

TUCA

POR QUE VOCÊ NÃO FOI EMBORA?!

TATA

Você já leu Kafka?

TUCA

O que ela fez pra você?

TATA

Por que você só não deixou ela ir?

TUCA

E se eu tivesse te enfrentado?

TATA

POR QUE VOCÊ NÃO VAI EMBORA?!

TUCA

Você se lembra do seu pai?

TATA

E o seu pai? Como era?

O JULGAMENTO

TUCA

Se vocês me permitirem, eu não quero demorar muito aqui, tem outras peças acontecendo, a cidade tá bombando, o mundo tá pegando fogo e o pessoal quer ir embora. Então vamos direto ao assunto. Prova número um. O casaquinho vermelho. (*Mostra um desenho de uma criança vestindo um casaquinho vermelho*)

TATA

Que casaquinho?

TUCA

O seu casaquinho.

TATA

Esse?

TUCA

É!

TATA

Ah, tá. "Prova." Sei. Não prova nada isso.

TUCA

Como não? Foi você mesmo que usou! Na única vez em que Ele vestiu o já famoso casaquinho vermelho em sua filha mais velha, aqui ao meu lado, colocou com os botões trocados, como vocês podem ver.

TATA

E isso prova o quê?

TUCA

É prova de caráter que chama. Serve pra mostrar que tipo de pessoa ELE é. Não é isso que a gente veio fazer aqui?

TATA

Prova de caráter? Isso <u>aqui</u> é prova de caráter! Prova A.

Mostra a saia de balé preta. Insiste até Tuca aceitar.

TUCA

O seu tutu? Mas foi ele que te deu!

TATA

Eu sei!

TUCA
Isso prova o quê? Que ele te dava presentes?

TATA (*Vai colocando a saia*)
Ele me dava presentes sempre que fazia alguma coisa horrível. Esse presente ele me deu logo depois do Harry. Tá vendo? (*Dança um pouco*) É uma prova. (*Dança um pouco mais*) De que ele fez uma coisa horrível.

TUCA (*Com um olhar de desprezo para Tata*)
Prova número dois.

TATA
Aff.

TUCA (*Mostrando sua prova número dois*)
Estas são as chaves do quarto, onde aconteciam as sessões de tortura psicológica.

TATA
Essa é boa mesmo. Eu tenho uma parecida. (*Procura pelas chaves da caminhonete*)

TUCA
As sessões duravam horas, às vezes dias inteiros. Em uma determinada ocasião, o réu a manteve quatorze horas e meia dentro do quarto do casal, sem deixar que ela saís-

se para comer, beber ou para realizar suas necessidades fisiológicas.

TATA (*Percebendo a gravidade do que acaba de ouvir*)
Nossa.

TUCA
Pois é.

TATA
E como ela fez?

TUCA
Fez o quê?

TATA
As necessidades fisiológicas.

TUCA
Num balde.

TATA
Nossa.

TUCA
Pois é.

Silêncio.

TUCA

O que é isso na sua mão?

TATA

Ah, não sei se é melhor. É a chave da caminhonete dele.

TUCA

É uma boa prova pra sua história também.

TATA

Prova B. E tem também a corda que Ele usou.

TUCA

Prova C!

Tata se assusta e desiste de contar, Tuca tenta insistir com a irmã.

TATA

Não, Tuca. Próxima prova.

TUCA (*Mostrando uma pequena gaita*)

Prova número três!

TATA

Eu lembro dessa gaita.

TUCA

Sempre que ele se trancava no quarto com a minha mãe, madrasta da meia-irmã ao meu lado e..., enfim, minha mãe, Tata se punha a tocar a gaita, em uma tentativa inútil de abafar os sons inadmissíveis que vinham daquele quarto.

Tata dá algumas notas baixas na gaita.

TUCA

Ela tocava tanto, mas tanto, que anos depois se transformou em uma exímia tocadora de gaita! (*Começa a tocar desafinadamente e com empolgação*) Exímia tocadora de gaita, Tata! (*Tata continua tocando mal, Tuca se irrita com o som e tenta gritar para que ela pare, até que desiste*)

CUIDADO

Tuca está sozinha. Grava uma mensagem no celular.

TUCA

Oi, dá licença. Você que é a atriz que ela chamou, não é? Aqui é a... irmã dela...a meia-irmã dela. É complicado. Se você tivesse vindo, talvez você entendesse em algum momento. Posso te pedir uma coisa? Por favor, toma cuidado. Anda só pelas avenidas. Não pega nenhuma rua que você não conhece, tá? E, quando você estiver vindo pra cá, se você puder não amar ninguém, fica mais fácil. Você vai conseguir odiar melhor quando chegar aqui. Porque a gente precisa que você odeie.

SIMULAÇÃO 1: TATA E HARRY

Tuca chama Tata de volta. Tata está brava com a irmã. Tuca tenta acalmá-la.

TUCA
E se a gente fizesse uma simulação? Uma daquelas simulações tipo que a gente via no *Linha Direta*, ou no *Você Decide*.

Silêncio de Tata.

TUCA
Chamam atores pra isso também, profissionais.

Silêncio de Tata.

TUCA
Ou então fazem aqueles desenhinhos 3D horrorosos. Eu podia fazer.

Silêncio da Tata.

TUCA

A gente não precisa fazer o desenho.

TATA

A GENTE NÃO CONSEGUE FAZER NADA! Nem desenho, nem simulação, nem nada. Foi por isso que eu chamei a atriz.

TUCA

Ela não veio, ela não vai vir. Aceita.

TATA (*Gravando uma mensagem de áudio*)

Oi, com licença, quando você vier, será que você pode ser uma dessas pessoas bem solares? Com uma atitude positiva com relação à vida?

TUCA

TATA! O QUE VOCÊ FEZ NO CABELO? Você tá linda. Tá muito, como eu posso dizer? Solar. Parece que você tem uma atitude positiva com relação à vida, sabe?

TATA

Ai, Tuca. Nossa. Que ótimo. Tá ajudando muito.

TUCA

Não era isso que você queria?

TATA

Não! Eu preciso de uma atriz profissional!

TUCA

Pra te interpretar.

TATA

Isso.

TUCA

E quem vai fazer Ele? E o Harry? E eu?

TATA

Na minha história você não era nem nascida. Cuida da sua história que eu cuido da minha. E o resto a atriz faz também.

TUCA

Ela faz todo mundo?

TATA

Dá pra fazer. Eu já vi.

TUCA

Então tá. A gente faz.

Tuca saca seu próprio celular e começa a procurar um arquivo.

TATA

O que você está fazendo?

TUCA

Pegando o texto que você escreveu.

TATA

Mas eu não mandei pra você.

TUCA

Mas colocou no drive, não colocou?

TATA

Sim.

TUCA

Tata! Sabe como é perigoso usar o seu aniversário como senha?

TATA

Tuca, para! Tuca sai do meu e-mail!

TUCA

Pronto! Vamos ver se isso funciona mesmo.

TATA

Não é pra ler...

TUCA

Shiiii! (*Vai lendo as falas*) Tá bom... Eu faço o Harry.

TATA

E eu? Faço quem?

TUCA

SHHHHIII.

Tem início a Simulação

TUCA/HARRY

Que silêncio aqui embaixo, né?

TATA

O que foi isso?

TUCA

Foi o Harry. Eu estou fazendo o Harry.

TATA

O Harry é um cachorro.

TUCA

Eu sei disso.

TATA

Isso que você fez aí não é um cachorro.

TUCA

Você quer que eu lata?

TATA

Se você estiver disposta, eu quero.

TUCA

Eu não estou disposta.

TATA

Quero que você tente.

TUCA

Eu não vou latir.

TATA

Faz parte do jogo. Você está fazendo um cachorro.

TUCA

Eu estou fazendo um cachorro. Pra mim, é assim que cachorros falam.

TATA

Cachorros não falam. Eles latem.

TUCA

Eu não vou latir.

Silêncio.

TUCA/HARRY

Que silêncio aqui embaixo, hein?

TATA

Aqui embaixo onde?

TUCA

Quê?

TATA

Eu não escrevi isso. "Que silêncio aqui embaixo." Você está improvisando.

TUCA

Não funcionou?

TATA

Não.

TUCA

Mas eles estão na garagem.

TATA

Eles não estão na garagem.

TUCA

Mas a minha mãe me contou assim, que ele levou o Harry até a garagem, pegou a corda...

TATA

A sua mãe não estava na história. Ela veio depois. A minha mãe estava.

TUCA

E você vai fazer ela?

TATA

Não, Tuca. Eu vou fazer o papai.

TUCA

Na garagem.

TATA

Na sacada.

TUCA

Na sacada?

TATA

A gente não vai fazer o ato em si. A gente vai fazer a cena que vem depois do ato. Ele encarando a própria consciência. Olhando lá embaixo o carro. Talvez com as mãos ainda cheias de sangue. Chama refinamento dramático. Tá?

TUCA

Tá. E nesse seu "refinamento dramático", se o "ato" já aconteceu, o que o Harry tá fazendo lá em cima com ele?

TATA

Não é **exatamente** o Harry.

Pausa.

TATA (*Estranhando a expressão de Tuca*)

Que foi?

TUCA (*Zombando*)

É o fantasma do Harry?

TATA

Não! É a consciência do Harry, que ainda não foi liberta da Terra. Vamos chamar assim. É liberdade poética. Isso pode.

TUCA (*Gargalha*)

Não pode, não. Não com essa bosta de texto.

TATA

Ah, quer saber? Cansei!

TUCA

Tata. Qual é?

TATA

Faz sozinha.

TUCA

Ah, não acredito. Vai fazer draminha? Tata?

Tuca começa a imitar os gestos de um cachorro pedindo carinho. Quando a irmã reage positivamente, Tuca volta para a simulação.

TUCA/HARRY

Que silêncio aqui em cima.

TATA/PAI

Tá ouvindo? Todo esse barulho. É como se o barulho distante de cada carro passando, de cada ônibus entrasse em contato com o meu cérebro e produzisse uns rangidos. Tipo uma unha quebrada arranhando na lousa, puxando o fio de lã do casaco, lixando uma pedra de mármore. Um dente trincado, rangendo. A sensação de uma unha quebrada passando nos meus dentes trincados, rangendo.

Pausa. As atrizes encenam a morte de Harry, arrastado pela caminhonete do Pai.

Cada vez que as patas pequenas dele batem no ladrilho vermelho do quintal, parece que uma orquestra de rangidos pequenos e estridentes estoura no meu ouvido.

Range.

Eu me lembro que tem essa corda na garagem. Da época em que Ele tinha moto. Uma espécie de elástico com um gancho afiado em cada ponta.

Range.

Um dos lados estava meio frouxo, com o elástico gasto, e às vezes a corda se soltava, e o gancho se arrastava pelo asfalto, fazendo aquele barulho. O dente trincado e a unha quebrada, rangendo. Rangendo, rangendo, rangendo.

Range.

Silêncio.

JAULA 2

TUCA OU TATA, NÃO IMPORTA

Eu tenho um sonho recorrente.

Você começa a me enforcar. Você me enforca tão forte que eu sinto na minha garganta, de verdade, esse sonho arder. E você me diz assim: Cala a boca. E eu calo.

Passo horas sendo estrangulada e continuo viva, te alimentando.

No final, você goza feito um animal selvagem, e eu engasgo e morro.

Eu acordo completamente assustada, mas com uma sensação enorme de dever cumprido.

A VERDADE NÃO IMPORTA

Fotos de família são projetadas. O homem/pai está sempre rabiscado, cortado, retirado da imagem.

TUCA

Eu não sei exatamente quanto ele tem de altura, mas ele parece mais alto.

TATA

Ele veste sempre as mesmas roupas, come sempre as mesmas comidas, frequenta sempre os mesmos lugares.

TUCA

Todos os cachorros que ele teve na vida têm o mesmo nome, e os carros têm a mesma cor.

TATA

A voz dele ecoa, é forte, áspera e macia ao mesmo tempo, e ocupa qualquer espaço.

TUCA

Quando ele morrer, aí sim eu vou estar sozinha no mundo.

Aquele tipo de sozinha que é bom, e também aquele tipo que não é.

TATA

Ele é uma sombra hoje, mas essa sombra é alguma coisa em que se apegar.

TUCA (*Para o público*)

A questão é: Não tem nada que a gente te diga aqui que precise ser verdade. Entende?

TATA

A gente está aqui tentando te contar uma história. Tentando te dizer quem ele é, ou quem ele foi.

TUCA

O problema é que, quando a gente se acostuma a contar uma história várias e várias vezes, aos poucos a gente vai percebendo que a versão mais verdadeira dela, a mais fiel aos fatos, é também a que diz menos, a que menos dá conta de tudo isso.

TATA

Ela podia ter dito que ele tem um e setenta e cinco. Ou que passou três horas naquele quarto. O quarto em que prendeu a mãe dela.

TUCA
Eu podia ter dito que ele passou, sei lá, dois dias.

TATA
Mas por que ela escolheu dizer que ele ficou trancado com a mãe dela durante quatorze horas e meia?

TUCA
O que isso faz pela gente? Isso ajuda a gente a entender quem ele foi, ou quem ele é?

Pausa.

Esta peça. Minha peça. Nossa peça agora.

TATA
Esta peça que a gente escreveu há tanto tempo. Que a gente inventou para que ela não tivesse a chance de nos inventar...

TUCA
Esta peça só pode estar aqui hoje porque foi quando eu percebi que a verdade não importa.

TATA
E se ele chegasse aqui? Aqui no teatro com a gente.

TUCA

E se ele contasse a versão dele da história?

TATA

Você entenderia um pouco o lado dele? Esqueceria do nosso?

TUCA

Esta peça.

TATA

Nossa peça.

TUCA

Minha, sua e dele.

TATA

Esta peça só pode estar aqui hoje, na sua frente, porque um dia, bem debaixo do nariz dele, a gente transformou um homem em animal,

TUCA

depois em monstro,

TATA

depois em pai,

TUCA
depois em poesia.

TATA
E foi dos rastros deste poema que a gente tirou isso aqui.

TUCA
E são esses rastros que a gente precisa que vocês enxerguem.

TATA
Antes que a gente mate ele de vez.

A HISTÓRIA DA MÃE

Tuca prepara uma espécie de aquário. Dentro, pequenos bonequinhos formam uma família em alguma cena cotidiana — uma sala de televisão ou talvez uma praia. Do lado de fora, uma câmera filma o movimento da água, e as imagens são projetadas no palco.

TUCA
Tata.

TATA
Que é?

TUCA
Pega esse texto que eu te mandei ai.

TATA
Onde?

TUCA
No e-mail.

TATA (*Olhando no celular*)

Que texto? Não tem nada aqui, não

TUCA

Ai droga! Pera aí... (*Um letreiro digital aparece atrás das duas*) Pronto, vai aparecer aí. É só ler, tá?

TATA (*Lendo*)

É preciso começar pela verdade e terminar do mesmo modo.

TUCA

Eu estou na sala da casa da minha avó. Lendo. É de manhã. Minha tia entra, se abaixa pra ficar da minha altura e diz: "Ela não vai mais voltar".

O pequeno aquário começa a encher de água e a cobrir a família aos poucos até estar cheio ao fim da cena.

TATA

Mas, antes disso, o meu casaquinho vermelho está torto.

TUCA

É madrugada. Ele entra no quarto e me acorda. Pede pra eu PEGAR o casaquinho vermelho da minha irmã. A gente vai passear, Ele diz.

TATA

Mas, antes disso, eu escuto o chuveiro. Por dez, vinte, cinquenta minutos, a água caindo.

TUCA

Uma gota de sangue aparece na camisa dele. E outra e outra e outra.

TATA

Porque, antes disso, de repente, os panos da lavanderia estão vermelhos, todos vermelhos. Os baldes também.

TUCA

E antes disso as mãos dele estão completamente manchadas. Parece que nunca mais vai sair.

TATA

Antes disso, ele esfrega.

TUCA

Antes disso, ele se ajoelha no chão, enfia as mãos no balde e esfrega.

TATA

Antes disso, ele chega em casa. Ele sai da caminhonete e ela não.

TUCA

Antes disso, ele coloca o corpo dela na caminhonete, com as roupas todas rasgadas, sujas, ensanguentadas. A pele esfolada, a cabeça deformada.

TATA

Antes disso, ele joga a corda fora. Por cima do muro de um terreno baldio.

TUCA

Antes, ele desamarra a corda que ele tinha amarrado no pescoço dela.

TATA

Antes, ele desamarra a outra ponta da corda, que ele tinha prendido no pino do guincho da caminhonete. (*Tata interrompe a leitura de suas falas. Repreende a irmã*) Tuca!

TUCA

Shiiiii!

TATA

Tuca!

TUCA

Que é!

TATA (*Quebrando o clima*)

Não foi assim que aconteceu.

TUCA

Agora foi.

TATA

Você não pode mudar os fatos!

TUCA

Se eu não contar assim, ninguém vai se impressionar.

TATA

Ele não arrastou a sua mãe no asfalto. Ele arrastou o Harry. O meu cachorro. A corda é minha prova, não sua.

TUCA

E é uma ótima prova. Eu só estou pedindo pra você me emprestar um pouco. Agora a gente já está quase acabando.

TATA

Não, não está. Não é assim que funciona. Traz as suas provas.

TUCA

Vou trazer o quê? Não tem nada.

TATA

Mas ela morreu.

TUCA

O quê?

TATA

Ela morreu.

TUCA

Morreu.

TATA

Eu me lembro dela deitada no chão da cozinha.

TUCA

Eu também.

TATA

E foi Ele que…

TUCA

Dá pra dizer que foi. Não com as próprias mãos, mas foi.

TATA

Você pode trazer alguma coisa que fez ela (*Faz as aspas com as mãos*) "ir parar ali".

TUCA

Não foi uma coisa só que fez ela (*Repete as aspas com as mãos*) "ir parar ali", Tata! Foi tudo.

TATA

Mas deve ter alguma coisa. Sempre tem alguma coisa que altera o estado da pessoa cadáver de pré-cadáver para pós--cadáver. Isso é básico.

TUCA

Não teve.

TATA

Olha só, tem várias opções. (*Começa a ler uma lista de seu caderninho*) Uma faca, uma cadeira quebrada, um tapete escorregadio, um pouquinho de gordura estrategicamente localizada na artéria direita, um sanguinho pisado que sobe pro cérebro, qualquer coisa.

Silêncio.

TUCA

A tia disse que foi dos nervos. O motivo. Dos nervos.

TATA

Ah.

TUCA

Mas ela dizia isso de tudo. Pra ela tudo é problema dos nervos.

TATA

Entendi.

TUCA

Só que, se eu tivesse contado isso, eles não iam se impressionar. Não de verdade.

TATA

Não mesmo.

Silêncio.

TUCA

Tinha uma coisa.

TATA

O quê?

TUCA

Uma cartela de comprimidos. Vazia. Trinta e seis comprimidos. Prova número quatro?

TATA

De que cor?

TUCA

Como?

TATA

De que cor? É importante, pra gente conseguir visualizar.

TUCA

Não sei de que cor.

TATA

Inventa.

TUCA

Inventa?

TATA

Isso. Inventa.

TUCA

Mas não foi você que falou que a gente tinha que contar como aconteceu?

TATA

Mas não foi você que falou que se fosse assim eles não iam acreditar?

Pausa.

Dá pra fazer assim tbm. Agora inventa.

TUCA

Eu não sei inventar.

Silêncio.

TATA

Vermelhos. Os comprimidos.

TUCA

Vermelhos?

TATA

Vermelhos.

TUCA

Não existem comprimidos vermelhos.

TATA

Existem. Esses eram.

TUCA

Tá.

TATA
Quanto ela tinha de altura?

TUCA
Ah, ela tinha... (*Percebe que não sabe*) Eu não sei.

TATA
Um e setenta.

TUCA
Ahn?

TATA
Ela tinha um e setenta de altura agora.

TUCA
Tá bom.

TATA
E a voz dela, como era?

TUCA
Eu... eu não sei, Tata, eu era muito pequena.

TATA
Era doce, macia, mas ocupava todo o espaço.

TUCA
Tá. Tá bom.

TATA

E o prato preferido dela? O que ela gostava de comer?

TUCA

Lasanha? Pudim?

TATA

Era mesmo?

TUCA

Não sei. Todo mundo gosta de lasanha e pudim, né?

TATA

Ah.

Silêncio. As duas contemplam um vazio por alguns instantes. Até que Tuca interrompe.

TUCA

Tata…

TATA

Quê?

TUCA (*Apontando a plateia*)

Quando eles entenderem quem Ele é, acabou, não? A gente não precisa mais voltar pra esse palco, né?

TATA

Não precisa. Ele morre. Quer dizer, acho que morre.

TUCA

Você acha?

TATA

Acho.

TUCA

Mas não tem certeza?

TATA

Não, não tenho.

JAULA 3

TUCA OU TATA, NÃO IMPORTA

Toda noite eu tenho um sonho recorrente.

E é por causa deste sonho que eu preciso contar pra vocês.

Só quando você entender quem ele era, é que eu vou poder ficar em paz.

Eu vou saber que eu alimentei, eu nutri esse monstro, esse monstro me amou, e eu o matei.

E é assim porque este era meu papel.

Como é também o papel de vocês.

É mais sutil do que parece. Nem sempre eles arrastam a nossa cara no asfalto. Às vezes a gente só deita no chão um pouquinho e é isso. Pronto. Acabou.

A gente precisa fazer alguma coisa. Qualquer coisa.

Quando acabar tudo isso aqui, aí, sim. Aí nós vamos poder acordar. Aí, sim.

[EPÍLOGO]
EU SOU ELA

As duas atrizes aparecem trocando de figurino em um ambiente diferente do cenário. As luzes se acendem.

ATRIZ 1 (TUCA)

Oi, boa noite. Desculpa a demora. Estava muito difícil chegar aqui. Muitas peças acontecendo ao mesmo tempo nessa cidade.

ATRIZ 2 (TATA)

Muitas peças. Eu tive que passar por um monte pra chegar até aqui.

ATRIZ 1

Desculpa se eu estiver um pouco confusa, se esquecer uma fala ou outra.

ATRIZ 2

Tá todo mundo me vendo? Se alguém não estiver me vendo, por favor, fala.

ATRIZ 1

Eu estou aqui. Eu sou a atriz.

ATRIZ 2

A atriz. A atriz que ela chamou aqui, lembra? Que ela tinha chamado pra contar essa história pra vocês. Eu cheguei no fim, bem no finzinho, mas talvez ainda dê tempo.

ATRIZ 1

A peça acabou. Se tivesse um sinal, tipo aqueles que tocam no começo, um sinal pra avisar que as peças acabam, eu tocaria ele bem aqui. Mas não tem.

ATRIZ 2

No teatro é tipo na vida. É mais comum que a gente só saiba quando as coisas começam. Quando terminam, fica sempre meio incerto.

ATRIZ 1

Eu sou a atriz que ela chamou aqui hoje. Mas, agora, finge que eu sou ela.

ATRIZ 2

Eu sou tipo ela. Pra todos os efeitos.

ATRIZ 1

Tipo uma meia-irmã dela.

ATRIZ 2

A gente não é igual, nem parecida, na verdade. Mas tem umas dores que ela sente e que eu sinto também.

ATRIZ 1

Tem alguma coisa que liga a gente. Sabe como é? Alguma coisa que é forte, mas não é suficiente.

ATRIZ 2

E que, se for parar pra pensar, liga vocês também.

ATRIZ 1

Mas, pra todos os efeitos, eu aqui, hoje, eu sou ela agora.

ATRIZ 2

E eu vou contar pra vocês. Eu vou tentar falar o que ela queria ter dito, mas não conseguiu. Parece que conseguiu, mas não conseguiu.

ATRIZ 1

Porque só uma atriz poderia fazer isso. Eu, a atriz. Agora. Pronto. Acabou.

Uma cena começa.

ATRIZ 2

Sabe aquela sensação que você tem quando está sozinha

em uma casa escura, todas as luzes apagadas e você ouve um barulho? Um barulho de verdade, um barulho indiscutível? É isso.

ATRIZ 1
Sabe quando por algum motivo completamente aleatório você percebe que seu pai é um homem como outro qualquer e começa a imaginar quais foram, de verdade, as experiências de vida dele? É isso.

ATRIZ 2
Sabe quando depois de dez, quinze minutos, você começa a se questionar sobre se o barulho realmente aconteceu ou se foi coisa da sua cabeça? É isso.

ATRIZ 1
Sabe quando você imagina, considerando os lugares e momentos históricos em que ele viveu, de quantas mulheres o seu pai talvez já tenha abusado na vida? É isso.

ATRIZ 2
Sabe quando você pensa que, mesmo se for coisa da sua cabeça, talvez seja real? É isso.

ATRIZ 1
Sabe quando você começa a pensar em quantas vezes o seu pai talvez já tenha fantasiado um estupro, por exemplo? É isso.

ATRIZ 2

Sabe quando você pensa que talvez seja hoje que você tenha ficado louca, e de trás daquela porta vai sair alguém?

Pausa.

Porque vamos supor que esse barulho não aconteceu mesmo.

ATRIZ 1

Vamos supor que você inventou isso.

ATRIZ 2

Sua cabeça fez isso com você.

ATRIZ 1

Isso seria menos pior? Menos verdadeiro? Menos perigoso?

ATRIZ 2

Sabe quando você decide que a qualquer momento alguém pode virar naquele corredor ali e não importa se ele é real ou se é uma invenção da sua cabeça?

ATRIZ 1

É isso.

ATRIZ 2

É exatamente isso.

Uma cena termina. Alívio.

ATRIZ 1
Pronto!

ATRIZ 2
Ufa!

Silêncio. Tem mais alguma coisa a ser dita?

ATRIZ 1
Acabou?

ATRIZ 2
O quê?

ATRIZ 1
Isso. Isso tudo aqui.

ATRIZ 2
Ainda não.

Silêncio. Tem?

ATRIZ 1
E agora?

Não tem.

[AGRADECIMENTOS]

a andresa, que inventou comigo o mundo.

a marina, que ao longo da vida me deu muitas chaves.

às minhas tias e aos meus avós, que me impregnaram da linguagem.

ao lucas, que me vê sempre através da névoa, ainda bem.

este texto foi escrito em processo colaborativo com as atrizes Marina Regis e Renata Alves, a quem agradeço profundamente, assim como a Alê Fritzen, meu assistente e operador essencial, e Michel Mauch, nosso amigo querido que participou do início do processo como diretor.

FICHA TÉCNICA DA PRIMEIRA MONTAGEM

Estreia em novembro de 2020, com a Crua Cia. de Teatro.

Direção e dramaturgia: Vana Medeiros
Elenco: Marina Regis e Renata Alves
Operação: Alessandro Fritzen
Direção de luz: Pamela Regina
Trilha sonora original: Eduardo Virgílio
Arte da comunicação: Isadora Xavier

VANA MEDEIROS

é dramaturga, roteirista, professora e consultora. Escreveu, com Djin Sganzerla, o longa *Mulher oceano* (2020), escolhido Melhor Filme no Cine-PE 2020. Assina ainda o curta *Polaris* (2019), filmado entre Brasil e Suécia. Representou o Brasil na conferência Women Playwrights International (Chile, 2018) e no Corredor Latino-Americano de Teatro (México, 2017). É autora de *A morte da estrela: Lembre de mim* (2022), de diversas peças de teatro e cocriadora do Serie_Lab Festival.